여름밤 별 이야기

내 시를 본 손택수 시인은 백석과 이용악 시풍을 닮았다는 것이다.

수필만을 쓰던 때, 아파트 앞에서 주운 시집 『永郞·龍兒 시선』을 읽다가 "오매! 단풍 들것네"에 놀랐다. 한국 문학어 탄생의 빛살이 번개처럼 스쳐갔다. '오매'처럼 우리 방언들을 시어화 하면 얼마나 좋을까! 천둥 같은 울림으로 남았다.

비창작이던 내 수필이 '창작적 진화'의 길을 걷기 시작했다. 소재를 은유로 찾아 쓰기 시작한 때부터다. 그러다 보니 이야기가 있는 창작 수필이 태어나기도 했다. 차츰 현대시처럼 길이가 짧아지기도 하며, 시 창작의 고갱이를 보이기도 했다. 처음부터 끝까지 수필의 진화에서 생겨난, 이 시를 〈수필의 詩〉라 부르고 싶었다.

내가 쓰는 〈수필의 詩〉에서는 전라방언이 시어로 나서기를 좋아한다. 이야기를 데리고…. 백석은 평북 정주 출생으로 방언을 즐겨 썼고, 이용악은 함북 경성 출신으로 '이야기시'가 빼어났다.

백석의 「가즈랑집」 한 편에 방언이 여남은 개나 보이기도 하고, 이용악에 대해서는 시집 『오랭캐꽃』과 시 「전라도 가시내」가 스쳐갈 뿐이다.

　위에서 말한 시풍 운운은 방언과 이야기가 함께 사는 내 시, 이 점을 지적한 말일 것이다. 그러나 나는 푸른 보리밭에 이는 바람 같은 청신한 시의 앞날을 읽는다.

2022. 5.

빛고을 원당산 기슭 '숲안애'에서

샘형 오덕렬

차례

제1부

북두성 헤던 밤

제2부

고감交感

제3부

깨어진 목탁

제4부

숲은 집이다

제5부

위로 받는 소

여름밤
별
이야기

제1부

북두성
헤던
밤

목련꽃

강둑은 온통 유백색입니다.
꽃이 먼저 피어나는 목련꽃 천지입니다.

시를 좋아하는 그미가 생각납니다.
조붓한 어깨를 타고 흐르는 봄 향기 상긋합니다.

그미는 '기회는 날으는 새와 같다'며 날아올랐습니다.
새촘한 모습, 쌍그런 얼굴에 나도 종다리 되어 따라 올랐습니다.

흰 구름 속 날아들자, 그미는 내 마음의 꽃으로 와락 안겼습니다.
목선 고운 세일러복 그미가 순백의 드레스로 단장합니다.

그미는 벙그는 목련꽃으로 나를 향해 다가오고 있었습니다.
나는 목련꽃 신부가 되어 다가오는 그미를 맞이합니다.

그미는 봄이었습니다.

병아리 떼

돌담길에도 노란 병아리 떼, 마른 가지를 쪼고 있습니다.
서시천을 흐르는 물그림자도 노란 병아리들 세상입니다.

울타리에서, 언덕에서, 산자락에서, 마른 가지를 쪼는 병아리 떼.
발그작한 발가락 뒷심으로 노란 봄을 헤작입니다.

너도나도 꽃술 되어 방사형으로 퍼지는 산수유꽃.
꽃그늘 너머, 쟁깃밥 논배미, 봄을 쪼는 병아리 떼 빡 빡.

병아리 떼, 산수유 꽃 물고 빡 빡 박.

구례 산동, 산수유 마을엔 노란 봄의 샛노란 축제가 한창입니다.
노란 병아리 떼는 산수유 노란 꽃 되어 봄[春]을 물고 빡 빡….

· 서시천[西施川]: 전남 구례군 산동면을 거쳐 흐르는 섬진강의 지류.

3월은

극락강변, 묵은 갈대밭을 굽이돌 때입니다.
깔다구 떼가 군무群舞를 추며 반깁니다.

오르랑 내리랑 무희처럼 춤을 추는 깔따구들.
강물 찰랑찰랑, 춤곡 속에 봄기운 흐릅니다.

봄이 왔어요, 봄이 봄이 왔어요.
보미가 봄소식 안고 오는 3월의 강변….

4월은 꽃 시절

4월 들자 벚꽃 흩날린다.
비바람 함께 치니, 아파트 단지가 판화版畵 세상이다.

배꽃은 포롬하다.
등꽃은 연등燃燈이다.

길가, 오동꽃 피었다.
들엔 꿀풀도, 유채꽃도 피었다.

철쭉도 피려고 세월을 내다보고 있구나.
오매 오매, 4월은 꽃 시절이네.

봄의 축포

산수유 깊은 잠을 깨우는 봄비 내립니다.

산수유 마을 꽃들이 막내처럼 눈을 비빕니다.

겨우 눈을 뜬 산수유꽃, 봄의 축포를 쏘아댑니다.

구례 산동면, 고라당은 노란 산수유꽃 세상입니다.

산딸기

파란 하늘 흰 구름 따라 고창高敞을 간다.
초대를 받고 간다, 이상인 시인의.

산딸기가 익었어요.
와서 자셔요.

성님, 광주光州 회원 모다 갑니다.
어서 와 이잉, 어디 옹가….

우정의 붉은 알알이 텃밭에서 웃는다.

애기수련

생오지 동그란 연못엔 애기수련 산다.
봄이면 애기수련 아침 이슬 머금는다.
물속에 그림자 함께 동그랗게 떠 있다.

생오지 오릿길 벚꽃이 꽃비로 내린다.
꽃잎 한둘 날아와 물 위에 맴을 돈다.
이런 동그란 연못엔 내 마음도 산다.

신록이 꽃이다

5월 들자 신록이 꽃이다.
이슬 머금은 신록은 우주 꽃이다.

연분홍 벚꽃, 비바람 치자 새싹이 꽃이다.
光一松 간 벚꽃 길도 온통 신록의 꽃길 되었다.

신록은 떡애기, 살가운 손주다, 시방.
배꽃은 마지막 주자, 신록에게 바통을 터치….

소리들의 폭포

또랑에 물소리 흐른다.
얼음장 밑에서 흐른다.

대지에 퍼지는 물무늬 소리들이다.
연둣빛 새싹들의 움트는 함성이다.

그 함성, 소리들의 폭포….

참새

짹 짹 짹…. 참새 소리에 안개 몰리고 아침이 번다.
짹 짹 짹…. 찌그닥 부엌 바라지 열리자 아침이 온다.

빨랫줄에 아침 해 널던, 참새들 붉은 발가락 어디 갔나?
누런 벼이삭 놔두고, 빛을 따라, 빛을 따라 서울 갔나?

고향에 초가지붕도 길손처럼 떠났다.
빌딩숲엔 대밭 없어 참새들 한뎃잠이다.

이제는 전설이다. 후루룩 방앗간 들리던 일도.
이제는 틀렸구나, **짹짹짹 짹짹짹** 아침 노래도.

아파트엔 새벽 없다.
참새가 몰고 올 아침은 없다.

항아리

장꽝 구석지에 항아리 하나, 고향집을 지키고 있다.
항아리 지키던 구새 먹은 밤나무, 태풍에 또오깍….

또까악, 소리에 항아리 알테기, 빠지고 말았다.
대밭 잠을 자려던 참새들, 덕석새로 날아오른다.

'공단이 선다지, 들어온다지….'
글안해도 보금자리 때문에 뛰던 가슴들이다.

고향을 떠나야 하는 것들은 참새뿐이 아니다.
후여 후여, 새 보던 단쭈시 단맛도 떠나야 한다.
새 쫓던 뙈기 소리 쩌릉 따악, 그 소리도 떠나야 한다.

석양은 오늘도 잉걸불이다.
놀란 가슴들 대숲에 다시 내린다.
인간사 그리움도 노을로 번진다.

그리움들이 항아리에 오종종 모여 별을 헤는 밤이다.

낙숫물 소리

지시랑물, 물방울이 눈 비비며 살아난다.
지난날이 쏘내기로 장대높이뛰기 하는구나.

한 처마 한 선線, 대청마루 문발 너머다.
그리움이 추녀처럼 먼 데로 고개를 쳐들었다.

고향 초가집 한 채 살아 있다.
밥 때도 지나 연기 피어난다.

엄마가 내미는 바가치 속이다.
도랑도랑 벙근다, 찐 감자 몇 알….

톡· 톡·· 톡···, 튄다.
톡· 톡·· 톡···, 튄다.

지시랑물 방울방울 튀어 오른다, 방울방울 꿈나라로.
쌍무지개 선 방울들이 사향思鄕 싣고 흘러흘러 간다.

북두성 헤던 밤

엄마 무릎 나눠 베고 북두성 헤던 밤.
평상平床에 도랑도랑 형제들은 별이었다.

초가지붕 우에서 하얀 박꽃 피던 밤.
대추나무 우흐로 반딧불이 날던 밤.

박꽃 같던 우리 엄마, 박꽃 지듯 사그라져 별이 되었다.
생각사록 그리워, 그 여름밤 그리워, 그런 밤 맞고 싶다.

그립다, 그리워.
북두성 별자리던 어머니 무릎 그립다.

여름밤
별
이야기

제2부

교감

交感

신랑 신부

지인의 둘째가 장가를 든다.
이번에도 주례를 서게 된다.

그동안 서로는, 그대는 나의 별이었다.
오늘, 신부는 왕비요, 신랑은 왕이 되었다.

신랑 신부는 이제, 가정이라는 둥지를 마련했다.
둥지에는 제비새끼들이 짹짹거리는 게 자연의 섭리.

창조를 위해 왕비와 왕은 주례 앞에 나란히 섰다.
신랑 신부, 원관념과 보조관념 역할에 충실해야 한다.

신랑 신부는 창조를 위하여 존재하여야 하것다.
신부 신랑, 한마음 되면 시詩가 탄생하게 된다.

시는 안과 밖, 경계를 지나 칠정이 사무쳐 고고성을 울린다.
시는 '존재의 총계에 부가'하는 창조의 존재라는 걸 알린다.

신랑·신부는 이제 시인詩人이 되었다.

부부

범두께 긴 고샅길 함잽이 앞세우고 장가를 듭니다.
새암 터 물 긷던 아낙네들 두 눈은 별빛입니다.

"새신랑이다야!"

병문안 집 처녀 신부 되던 날, 함박눈 소복소복 내립니다.
함박눈 함께 동네잔치 마당에 차일을 쳤습니다.

목안木雁 앞서고, 사모관대 신랑과 원삼 쪽도리 신부, 한쌍입
니다.
교배상交拜床 받고 청실홍실 오가며, 교배례交拜禮를 올립니
다.

신랑이 마시던 술 남겨, 서쪽으로 건네면, 신부가 마십니다.
신부가 받은 술 남겨, 동쪽으로 건네면, 신랑이 마십니다.
술을 섞어 이성지합二姓之合 부부되는 합근지례 올립니다.

신랑 신부에겐 1년 후, 시詩가 탄생하였습니다.
외약 새끼줄에 빨간 고추, 숯, 생솔잎 끼워 금줄을 쳤습니다.

금줄 고추 덕인지 내리 세 번이나 고추 금줄을 쳤습니다.

강물처럼 세월 흘러 시에서 시가 탄생하였습니다.
어린 시는 우리 부부를 할아버지! 할머니라 부릅니다.

부부는 시 탄생의 씨앗입니다.

여름밤 별 이야기

마당의 평상에 온 식구 둘러앉아 수제비 밀죽을 나누는 밤. 보리타작 마치고, 마당의 검부러기와 보릿대 북데기로 밑불을 놓는 밤. 두엄자리 쌓아둔 퇴비증산 억새풀도, 텃밭 맨 쇠비름도, 보래기도 서로서로 제 몸 태워 모깃불 피우던 여름밤.

냉갈 향을 모기가 나르는 밤. ㄱ자 초승달이 검푸른 감잎 사이 궁서체로 얼굴 내미는 밤. 수수깡 울타리를 기어오르던 오이덩굴, 노란 꽃을 피우고, 마당귀 텃밭에선 열병식 하던 강냉이도 수염을 쓰다듬던 밤. 베짱이 베짱베짱 베틀을 놓고, 땅개비 메뚜기 잠자리도 모깃불 잔치에 손님 되는 여름밤.

개똥불이 깜박깜박, 키다리 수수, 조심하라고, 우주 항로 밝히는 등대 되는 밤. 평상에 누워 모깃불 냉갈내 맡으며 엄마 무릎 베고 잠을 자는 밤. 은하로 흐르던 길 잃은 별똥별 하나, 평상에 내려와 내 별 되던 여름밤.

여름밤의 꿈 하나.
꿈을 품은 별 하나.

여름밤의 내 꿈은 냉갈 따라올라 별이 되었다.

고감交感

빈집 사립짝을 밀고 들어섰다.
새끼 노루 눈과 내 눈이 마주쳤다.

대추나무 옆 담벼락 쪽에서다.
후다닥 뛴다, 방향 잃고 후다닥.

나도 놀라, 그 자리에서 석상이 되었다.
놀란 새끼 노루 똥꾸를 본 석상도 노루 가슴이 되고 말았다.

새끼 노루 그 말간 눈, 뛸 방향을 파란 하늘의 눈짓으로 느꼈
나.
마당 풀숲 속, 발굽을 내보이며, 파르티잔 되어 뛴다.

나도 한 마리 길 잃은 새끼 노루 되었다.
그 맑은 눈을 마주친 죄를 짓고 할 바를 잃었다.

사랑은 아무나 하나

"사랑은 아무나 하나, 눈이라도 마주쳐야지."

그렇다. 사랑의 첫 단계는 눈 마주치기다.

창작도 마찬가지다. 소재와 눈이 맞아야 한다.

"어느 세월에 너와 내가 만나 점 하나를 찍을까"

사랑은 점 하나 찍는 일이다.

그렇다. 참으로 그렇다. 창작도 마찬가지다.

어디에다 주제를 살려낼 점을 찍을 것인가, 날밤 새야한다.

"만나고 만나도 느끼지 못하면" 그만이다.

참으로 참으로 그렇다. 느껴야 사랑도, 창작도 될 수 있다.

좋은 느낌은 모든 것을 뛰어넘는다.

창작은 머릿속의 느낌과 생각을 형상화하는 일이다.

느낌은 정서요 생각은 사상이다.

서로에게 특별한 느낌이 일지 않으면 무슨 사랑이 이루어지겠는가?

사랑이 없으면 귀여운 생명은 탄생하지 않는다.

소재와 주고받는 특별한 느낌이 중요하다.

교감의 상상력이 일지 않으면 시詩는 태어나지 않는다.

상상은 허구와 한 몸이다.

머릿속에 있을 때는 상상이라 부르고, 작품화 되면 허구라 부른다.

상상은 표현되지 않은 허구요, 허구는 표현된 상상이라 했다.

사랑을 하려면 분위기 죽여주는 밀실密室에 들어야 한다.

그렇다. 너도나도 밀실에 들어야 한다, 자연의 섭리 따라.

창작도 마찬가지다.

창작의 밀실도 끝내주게 준비해야 한다.

소재가 주제를 엉엉 토해내는 밀실에 들어야 한다.

태진아의 노래는 창작의 밀실에서 태어났다.

· 사랑은 아무나 하나: 이건우 작사 · 태진아의 노래 제목

단골 미용실

초이미용실은 골목에 있다.
마실 이야기 공짜로 듣는다.

파마 할머니 손님은 이야기꾼이다.
미용사는 손님들과 한 골목 이웃이다.

언제 가도 부담 없다.
착하고 친절하고 이물없다.

손님 중엔 초딩도 있다.
멋쟁이 아가씨도 있다.

동네 할아버지도 찾는다.
한 번 가면 경로 요금 5천원.

또 있다. 시간을 아낀다.
머리 모양, 10분이면 족하다.

또한 미용사는 수돗물이 아니다

첫사랑 그미 같은 시골 물맛이다

내 단골이다, 장점 많은 초이미용실은.

· '착하다'는 종래의 뜻에다 "품질에 비해 값이 저렴하다."의 뜻이 추가되었다.

이슬방울

봄날, 이슬거리 내린다.
천지가 방울방울 이슬방울이다.

길을 가다가 나뭇가지에 맺힌 이슬방울 본다.
제비처럼 줄을 서서 서로 사랑하는 이슬방울들.

행인들은 우산처럼 이슬방울 이었다.
너도나도 우주를 대롱대롱 매달았다.
서로서로 쳐다보며 환한 얼굴들이다.

'머, 이슬방울도 시집을 가는가?'
눈이 맞으면 얼른 끌어안는 것 좀 봐.
감쪽같이 보듬어 한 방울로 몸을 불린다.

야아, 재밌다.
이슬방울 속에 창조의 힘이 가득하다.

이슬방울도 시詩네그려….
동그랗게 동그랗게 매달려 있는 이슬방울은 시를 짓는다.

그렇지 동근 것은 알이요 씨앗이지, 생명력을 키우는.

저 이슬방울 하나하나가 뭉치고 뭉쳐 계곡물을 흐른다.
돌멩이와 소곤거리고, 큰 바위 만나면 폭포처럼 뛰어내린다.
어디로 가는 것이냐, 아래로 간단다.

계곡 물은 흐르고 흘러 강물이 된다.
세월처럼 흐르는 강물아 어디로 가느냐?

세월은 아들딸도 기르고, 새들도 기르고, 짐승도 기르고, 초목
도 기르고….
강물도 흘러 흘러가면서 수많은 어족들을 목마르지 않게 길
러낸다.

더 많은 것들을 길러내려 바닷물과 몸을 합하는구나!
억만 생명을 길러내는 이슬방울의 큰 창조적 변화를 본다.

· 이슬거리: 아주 가는 안개 같은 이슬비.

사이시옷

국민학교 때는 등교길 하교길이었다.
초등학교 때부터 등굣길 하굣길이 되었다.

아니, 훈민정음 새로 맹ㄱ'셨나?
니르고져 홀배는 같은데 왜 그러지?

생각해 보니 사이시옷 문제다.
모든 사이시옷은 글자 사이에 독립적으로 쓰는 게 최고것다.

내ㅅ가, 내ㅅ물, 대ㅅ잎, 뒤ㅅ욷, 뒤ㅅ일, 차ㅅ집처럼….
가위ㅅ날, 사사ㅅ일, 아래ㅅ마을, 아래ㅅ방, 장미ㅅ빛, 제
사ㅅ날같이….

'등굣길 = 등교 + ㅅ + 길'.
초등 1년생에게 어떻게 쉽게 설명할까?

'세종 어제御製 훈민정음'의 근본 취지를 살리자.
어린 백성들은 '등교'와 '등굣'이 헷갈린다.
어지御旨를 살려 두 글자 사이에 'ㅅ'을 써서 편어일용이便於

日用耳 하자.

한글의 억만년 대계를 위해서, 나는 제안한다.

등교ㅅ길로 쓰자.
하교ㅅ길로 쓰자.

취우驟雨

취우**驟雨** 한 줄금에 숲속 세계는 천지개벽이다.
천지개벽 후 물방울들은 얼마나 수런거리는가?

새들도 나무 밑에 내려 와 기쁨을 쪼고 있다.
어둠이 내리자 새들은 제 목소리로 노래한다.

매화나무 고목에 진을 쳤다, 개미는.
꼭대기까지 영역이다, 사주경계할.

민달팽이도 수풀에서 안테나를 길게 뽑았다.
소나기 지난 후 천지개벽 상황 파악 나섰는가?

취우**驟雨** 한 줄금에 숲속 세계는 천지개벽이다.

연못

내 마음속엔 숨어 사는 연못이 있다.
아침이면 물낯이 반짝 반짝 빛난다.

수련은 이슬 머금고 꽃을 피운다.
동그란 연못가에 붓꽃도 싱그럽다.

벚꽃 곱더니 한두 잎 물 위에 뱅 돈다.
돌다가 물무늬 되는 아침이다.

이런 아침이면 내 마음도 동그란 연못이 된다.

모기

늦은 밤, 컴퓨터 앞이다. '에엥' 소리를 지르며 모기란 놈 내 동정을 탐색한다. 나도 질세라, '사정거리만 되어봐라' 몽그렸다. 모기와 나는 서로 관심법을 쓰며 방구고 있었다.

응, 이것 좀 봐라, '내 눈앞을 활보하네.' 사정없이 오른손으로 나꿔챘다. 순간, '포획이다' 싶었다. 포로를 실신시키려 뒤 번 오물그렸다가 손을 폈다. 이 녀석 건재를 과시하며 '에엥' 날아가 버린다.

잠자리에 누워, 한 5분이나 지났을까? '에엥' 소리와 함께 콧등에서 바람기가 스친다. 모기란 녀석 관심법을 썼을까, '콧등은 덮치지 못하겠지'하고. 공격 직전에 잠결처럼 얼굴을 움직여 쫓아버렸다.

눈 감은 채 양손을 두 귀 가까이에 보초를 세우고, 청각을 통해 녀석과의 거리를 가늠한다. 웬 일일까? '에에엥…' 점점 멀어진다. 퇴각인가, 나도 보초는 철수시켰다.

칠흑 속에 보초 없이 잠을 청했다. '재공격이 있겠지….' 이때,

오른쪽 귀 부근에서 소리가 감지되었다.

'네놈이 감청기는 몰랐구나.'하는 생각을 하자마자, '에엥' 소리가 멎었다. 흡혈을 준비하고 있을 무렵, 벼락같이 내 귀뺨을 덮쳤다. 칠흑 속에서도 감촉으로 한 녀석의 주검을 감지했다. 이렇게 적을 섬멸하고, 잘 주무시고 날이 샜다. 잔당에게 종아리 공격을 당한 흔적이 팥알처럼 발갛다, 서너 군데나.

관심법은 역사 드라마 「태조 왕건」에서처럼 써야 하는 건데….

그런데 엊저녁, 관심법은 누가 썼지?

고등어

골목시장 좌판에는 햇살들이 도랑도랑 정겹다.
찰랑찰랑, 건물과 건물 사이로 파란 하늘이 바다 같다.
새댁은 하늘을 우러른다, 좌판의 고등어 바다를 노닐듯.

지금은 배아지에 소금을 머금고 있는 고등어.
'썩지 않는 한 내 꿈은 푸르다.'
새댁은 바닷속 고등어 모습을 상상하니 생활이 즐겁다.

나른한 오후, 새댁이 깜짝할 사이, 고등어는 곤鯤으로 화化했다.
곤은 북쪽 바다의 물고기로 크기가 몇 천 리라 했다.
새댁도 고등어 따라 우주의 북명北溟을 유영한다.

새댁은 번쩍 눈을 떴다, 우주 바다의 아스라함에 놀라.
좌판은 우주의 한 부분, 새댁은 존재의 변화를 꿈꾸었다.

강물

태풍이 지난 뒤 극락강 강물은 둔치에 설치해 논 체육 시설을 가만 두지 않았다. 야구장, 축구장, 가지가지 구조물들을 너른 바닥 위에 설치미술로 장식했다.

강가 아름드리 미루나무에 기대고 헐떡거리는 골대, 강둑 쪽으로 도망쳐서 하늘을 쳐다보고 있는 그물망, 의자, 탁상, 가리개…. 하나도 제자리에 있는 놈 없다.

세월도 밤과 낮으로 흐르듯 강물도 청淸과 탁濁으로 흐른다.
요번참엔 벙벙히 흐르던 탁이 위세를 부려 일을 내고 만 것….

세월도 흐르면서 악센트를 찍어, 인간들은 웃고 운다.
요 몇 해 '코로나19'가 우리에게 큰 시련을 안겨 주고 있다.

강물은 자연현상을 보여주며 말없이 흐른다.
세월은 천지조화를 보여주며 말없이 흐른다.

흐른다!

흐른다!

강물도 세월이다, 쉼 없이 흐르는.

쇠비름 타령 · 1

할머니 할머니 우리 할머니, 밭을 매며 흥얼흥얼 노래를 하시네.

쇠비름은 쇠비름끼리 우리 밭에 모여 살고,
질경이는 질경이끼리 길가에 모여 살고,
부들은 부들끼리 고랑창에 모여 살고,
억새는 억새끼리 무등산 중턱에 모여서 사네.
모두가 끼리끼리 모여서 사네.

할머니 할머니 우리 할머니,
밭을 매며 쇠비름하고 말도 하시네.

비름아 비름아 쇠비름아. 너는 어떻게 그리 명도 기냐?
밭 귀퉁이 던져버려도,
"비 올라는가, 내 삭신이 좀 쑤신다야."
울타리에 던져버려도 "따뜨하고, 그네 타니까 고소하다야."
모깃불에 던져버리니 하는 말 좀 들어보소.
"어머어머, 팔자 좋아 꽃밭에서 노는가보다."

>

네 목숨 그리 길면 말 좀 물어보자.
비름아 비름아 네가 제일 무서운 것은 무엇인가?
"나는, 나는 고려장이 제일 무섭습니다."

저희들도 무서운 것 하나씩 있기는 허네 그려!

할머니, 할머니 우리 할머니 밭을 매며 쇠비름과 말도 하는
우리 할머니, 시인 다 되셨네.

쇠비름 타령 · 2

할매[1] 할매 우리 할매, 밭을 매며 흥알흥알[2] 노래를 하네.

쇠비름은 쇠비름찌리[3] 우리 밭에 모타[4] 살고,

질갱이[5]는 질갱이찌리 질같[6]에 모타 살고,

부들은 부들찌리 꼬랑창[7]에 모타 살고,

옥살[8]은 옥살찌리 무등산 중터리[9]에 모타서 사네.

모두가 찌리찌리 모타서 사네.

할매 할매 우리 할매 밭을 매며 쇠비름하고 말도 하시네.

비름아 비름아 쇠비름아!

니는 어찌케[10] 그리 밍[11]도 지[12]냐?

밭 귀영지[13] 띵게불도[14] "비올랑가, 내 삭신이 좀 쒸신다[15]
야."

울타리에 띵게불도 "따땃허고,[16] 군지[17] 탕깨[18] 꼬숩다[19]야."

모깃불에 띵게붕깨[20] 하는 말 잠[21] 들어보소.

"오매오매, 팔자 좋아 꽃밭에서 노는갑네.[22]"

니[23] 목심[24] 그리 질면 말 잠 물어보자.

비름아 비름아 쇠비름아, 니가 질 무순[25] 것은 멋[26]이당가?[27]

"나는 나는 고름장[28]이 질[29] 무섭지라우[30]"

즈그덜[31]도 무순 것 한나[32]씩 있기는 허네 그려.

할매 할매 우리 할매 밭을 매며 쇠비름과 말도 하는 우리 할매.

시인詩人이 다 되셨네.

방언

1) 할매 뗑 '할머니'의 방언(강원, 경상, 전라, 충남).

2) 흥알흥알 뿐 '흥얼흥얼'의 방언(전남).

3) 찌리 쩹 '-끼리'의 방언(강원, 경상, 전남, 충남).

4) 모타 뙝 '모으다'의 방언(전남).

5) 질갱이 뗑 '질경이'의 방언(강원, 경기, 경상, 전라, 충청).

6) 질갑 뗑 '길가'의 방언(전남).

7) 꼬랑창 뗑 '고랑창'의 방언(전라).

8) 옥살 뗑 '억새'의 방언(전남).

9) 중터리 뗑 '중턱'의 방언(전남).

10) 어찌케 뿐 '어떻게'의 방언(전남).

11) 밍 뗑 '명(수명)'의 방언(경북, 전남, 제주)

12) 질다[질:다] 혱 '길다'의 방언(강원, 경기, 경상, 전라, 제주, 충청, 함경, 중국 길림성, 중국 흑룡강성).

13) 귀영지 뗑 귀퉁이'의 방언(전남).

14) 띵기다 뙝 '던지다'의 방언(전남)

14) -불다 묘뙝 '버리다'의 방언(전남, 제주).

15) 쒸시다 뙝 쑤시다'의 방언(강원, 전남, 제주, 함남).

16) 따땃하다 혱 '따뜻하다'의 방언(전라, 평안, 함경).

17) 군지 뗑 '그네'의 방언(전라).

18) 탕께: '타니까'이 방언(전남).

19) 꼬숩다 혱 '고소하다'의 방언(전남).

20) 붕깨: '버리니까'의 방언(전남).

21) 잠 閏 '좀'의 방언(전남).

22) '-ㄴ갑다 {추측성 서술형 어미}' '-ㄴ가보다'의 방언(전라).

23) 니 떼 '너'의 방언(경상, 전남).

24) 목심 뎽 '목숨'의 방언(전남).

25) 무숩다 뼹 '무섭다'의 방언(전남).

26) 멋 떼 '뭣'의 방언(경상, 전남).

27) -당가: '-다는가'의 방언(전남).

28) 고름장 뎽 '고려장'의 방언(전남).

29) 질 뎽 '제일'의 방언(전남).

30) -라우 뗴 '-요'의 방언(전라).

31) 즈그덜 떼 '저희들'이 방언(전남).

32) 한나 쥅 '하나'의 방언(강원, 경상, 전라, 제주, 충청, 평안, 함경, 중국 길림성, 중국 요령성, 중국 흑룡강성).

여름밤
별
이야기

제3부

깨어진

목탁

툭, 매미가

장마철이다.
베란다 방충망에 매미 손님 들었다.

안방 내 책상과는 1m 거리쯤이다.
매미는 내 호기심을 자극했다.

내 맘을 벌써 알았나?
내 맘먹고 있는 대로 울고 있다.

매앰 매앰 매앰.
매암 매암 매암.

저물녘이었다.
툭, 매미가 뭔가를 떨치고 사라졌다.

며칠이 지난 아침, 아파트 문을 열었다.
신문 말고도 서성거리는 귀한 분 있다는 느낌….

바람이 선선하다.

애기단풍 한 잎이 빙그르르 떨어진다.

매미가 툭, 떨치고 간 가을이다.

전복의 꿈

남광주시장 수산센터 수족관엔 전복들이 떼끌어간다. 말랑말랑한 속살을 부끄럼도 없이 내보이며, 연해 닭 똥꾸 오물거리듯 숨을 쉬며 떼끌어간다.

꼭 멋 같은 연체부의 상족돌기上足突起, 더듬이가 받아들인 정보론 현재 상황 이상 무. 경각에 진주광택 조가비와 패각 근 분리는 눈치도 못 채고 전복들은 떼끌어간다, 동학군처럼.

강제 이주 고려인 되어서도 암시랑토않게 등딱지를 지고서 수족관 벽을 떼끌어간다. 바다가 고향인 전복은 먹이도 없는 수족관 벽을 핥으며 바다를, 푸른 바다를 꿈꾸며 떼끌어간다.

파도가 드나드는 오두막이 고향인 시장 사람들도 삶의 바닥을 핥으며 전복 같은 푸른 꿈을 꾼다.

마당

마당에 귀를 대면 땅속 숨소리 듣는다.

마당의 구멍 속엔 벌레가 산다.
꼬마는 벌레에게 말을 건다.
야, 땅속 친구야, 땅 밖 구경 시켜 줄까?

회기에 침을 묻혀 구멍에 넣는다.
벌레란 녀석, '먹잇감 굴러든다' 판단했는지 덥썩 끌어안았다.
손끝에 감촉이 찌르르 다가올 때 꼬마는 잡아챈다.
땅속에 숨었던 벌레가 땅 위로 끌려 나왔다.

꼼지락꼼지락 살려 달라 야단이다.
"벌레야, 넌 내 친구야 걱정 마."
이번 게임에서는 "니가 진 거야."
꼬마는 말을 계속하며 벌레와 논다.

어머니는 마당에 끓는 물을 짜락짜락 찌클지 않았다.
땅속과 땅 밖이 하나로 서로 돕는다는 걸 알고 계셨다.
사람과 벌레, 서로 엉겨 돌아간다는 걸 믿고 사셨다.

땅속 세상 알고 계시는 어머니 어머니의 지혜여.

시멘트 발라버린 마당은 사람만 살자는 마당이다.
시멘트로 숨 못 쉬는 마당은 죽은 땅이다.
대지가 살아 있다는 걸 왜 잊었을까?

가만히 마당에다 귀를 대고 땅속 소리를 들어보자.
온 세상 모두 모두 함께 살아가자는 소리 듣는다.
대지의 숨소리, 벌레의 숨소리 왜 못 듣는가?
종당엔 사람의 숨소리 가빠질 거 뻔하다.

마당에 귀를 대면 땅속 숨소리 듣는다.
공존共存의 섭리를 마당에서 배운다.

틈새

고향집 마루, 틈새 많아 바람 잘 통한다.
사두사방 할롱하는 고향집 마루!

내 마음의 틈새는 어떤가?
마루에 앉아, 마루 살아온 삶의 방식 배운다.

진즉 마루가 되어 살아갈 걸 그랬다.
마루의 포용력! 술술 틈새로 통한다.

나이 한 살 더 먹는다.
틈새 하나 더 내는 일 아닐까?

손주 재롱 받아들이듯 그렇게 할 걸 그랬다.
애비·애미, 친구, 이웃에게도 그럴 걸 그랬다.

풀과 꽃, 나비와 벌, 새, 바람의 마음도 헤아릴 걸….
마루처럼 하늘과 땅의 뜻대로 살아갈 걸 그랬다.

틈새기, 틈생이, 틈삭, 틈아구, 틈아자구….

틈새의 사촌들과도 진즉 좀 친할 걸 그랬다.

방언아! 네 언어 감각 진즉 좀 익힐 걸 그랬다.
틈새야! 고향집 마루 틈새야. 진즉 너 닮을 걸 그랬다.

신호등 앞에서

남구 인문학학교에 바람 공부 간다.

바람만을 생각한 것도 아닌데 깜빡, 환승을 찍지 않고 내렸다.
다시 탄 버스 녀석, '감사합니다.' 인사깔 밝다.

찍고 갈아탈 때다.
"환승입니다."
이럴 땐, 손주 쉬, 돌보는 기분이다.
패트병 받쳐 들고 폭포 소리 다발을 보는 느낌….

남광주 지하철역 건널목은 두 번 건너야 한다.
돌아올 때, 한 발 앞에서 빨강으로 바뀌고 말았다.

젊은 날, 집을 사고 팔 때 속상해 울던 아내가 떠올랐다.
빨간 토끼 눈이 된 아내와 마주친 심정이다.

인생은 바람 같은 것 아닐까.
바람 같은 시, 공부하러 다녀온다.

>

인생살이나 시나 삶의 강을 건너는 창조적 이야기….

만원 뻐스

자췻집 김칫단지, 만원 뻐스 안에서다.
쌀자루 위에서, 또르르 구르고 말았다.

오매! 아쩌끄나 김치단지 깨졌는갑다.
그래도 괜찮다, 국물만 좀 흘렀네.

학생 것인가?
보자기로 한 번 더 쌌응께 괜찮해, 가지고 가소 웨.

승객은 거의, 촌놈들 모두 자취하던 학생들이다.
열무김치 냄새쯤은 차 안의 풋풋한 인정이다.

승객도 짐도 많아 문도 못 닫는 만원 뻐스….
여차장 두 팔로 앞문 버티고, 오라이, 오라이, 차는 씽씽 달리고….
바람에 보리밭 쏠리듯 몸은 기울었다.

여름철 풋풋한 열무김치, 깨진 김치단지도, 함께 달리던 만원 뻐스….

옮도 뛰도 못하는 발과 상체, 대각선으로 쏠리던 만원 버스….

옥양목 반소매 교복 밖으로 미끈한 무 같은 여학생 팔뚝 닿을라.

김칫국물처럼 뻘겋게 달아오른 얼굴에 땀이 뻘뻘뻘 솟던 만원 버스….

너나없이 쌀자루와 김치단지 가지고 타던 일요일 오후의 만원 버스….

아, 그 만원 버스 풋풋한 추억으로 익었구나. 다시 한 번 타고 싶다. 생각을 겹쳐보면 풋풋한 추억 하나, 학창 시절의 만원 버스 타던 일이었다. 오늘은 내 마음의 만원 버스가 소독차처럼 먼지를 내뿜으며 비포장도로 고향 길을 달리고 있다. 싱그런 추억, 가득 싣고 달리고 있다.

깨어진 목탁

지난여름 법정스님이 머물었던 불일암에 간 적이 있다. 일행을 기다리며 큰절 입구 나무 그늘에 있을 때였다. 오토바이 한 대가 씨잉 씨잉 달려오더니 주차장 쪽에서 한 청년이 내렸다.

청년은 목탁을 타악 타악 탁악…, 치면서 마당 가운데로 나오고 있다. 목탁소리가 숲속을 흐른다. 이내 목탁 소리가 리듬을 잃고 급류를 타기 시작한다. 산이 쩌렁쩌렁 울리도록 울음 반, 하소연 반 소리소리 지른다. 알 수 없는 소리가 계곡 물소리와 합세한다. 이때다. 목탁을 땅바닥에 내동댕이친다. 마당은 맬겁시 아프고, 목탁은 순간 박살이 났다.

청년은 왜 그랬을까, 무슨 생각을 했을까, 얻은 게 있을까, 속에 품은 생각이 행동으로 나타났을까? 사람은 생각을 닮는다는데…. 아무도 탓하거나 뒷말을 하지는 않았다. 청년은 타고 온 오토바이와 함께 왔던 길로 사라진다. 다시 녹음 속은 조용하다.

청년이 사라진 현장으로 갔다. 깨어진 목탁 조각을 주워 모았다. 그 중 '쌍룡雙龍'이라 새겨진 좀 성한 한 조각을 집었다. '쌍룡'을 컴퓨터 책상 앞에 놓았다. 컴퓨터 앞에 앉기만 하면 깨어진 목탁은 울 듯 말 듯, 찡그린 듯, 미소를 보내는 듯, 말을 하려는 듯했다.

한번은 원고 마감을 대기 위해 무리하여 밤샘을 한 적이 있다. 미명에 원고가 완성되는 듯했다. 마무리를 서둘었다. 그러던 중 정신이 혼미했던지 컴퓨터 키 하나 잘못 눌러졌든지, 순간 원고는 날아가 버리고 말았다. '어허, 어쩌지….' 이때 깨어진 목탁과 눈이 마주쳤다.

참으시오. 참아요….
밖을 한 번 쳐다보고, 크게 숨을 쉬시오.
컴퓨터를 박살내면 아니 되오.

깨어진 목탁의 삐뚤어진 입이 열렸다.

극락강역에서

극락강을 끼고 극락강역이 산다.
극락강역은 산소 같은 도심 속 작은 역이다.

어서 오십시오.
전국 어느 역처럼 예매할 수 있습니다.

한 칸은 대합실, 한 칸은 사무실….
내리는 손님 귀하고, 대합실에 손님 귀한 역이다.

서창 들녘, 무가 밤새 쓰윽 몸통을 드러내던 때가 있었다.
맨살로 수줍은 마음을 드러내던 그 때는 붐비던 역이었다.

새벽밥 먹고, 광주를 통학하던 까마귀 떼가 몰렸다.
검정 교복 일색인 남녀 학생들이 희망이었다.

통학열차 기세 좋던 추억의 꼬마역….
꽤액 꽤액, 화통 삶아먹은 소리를 지르며 희망을 나르던 역….

할배 할메 광주로, 송정리로 큰 장 나들이 하던 역….

흰옷 입고 손주 같은 추억을 안고 희망을 키우는 역….

꿈에라도 가자. 꼬마 역에서 무궁화호를 타고가자.
1922년 개통, '광주-강릉' 오갔으니 조금 더 올라가자.

서둘 것 없이, 완행열차로 백석白石의 '여우난골', 찾아가자.
손주의 손주들아! 꿈의 열차로 '가즈랑고개', 넘어가자.

마음 따라 극락강역에서 무궁화 열차를 타고 가자.

쏘내기·1

한여름 낮 쏘내기 삼형제 지난다.

하늘에서 미꾸라지도 툭, 떨어진다.

보리알처럼 다부진 하동河童 마당이 온통 방죽이다.

윗도리 아랫도리 벗어던지고 방죽에서 미꾸라지와 함께 목욕
을 한다.

이때다.

뻔쩍, 불꽃이 뛴다.

쫘당 탕 타앙 타앙….

멀리서 산맥들이 구르고, 당산나무 중동 우지끈 부러졌다.

우리는, 잘못한 일 하나도 없는 우리는 이불 덮어쓰고 덜덜
떨었다.

건넛마을 그미도, 물건너 고모네도 그랬단다.

풀잎들도 무서워 땅바닥에 엎드렸다.

하늘은 쏘내기로 땅 것들을 하나로 묶어놓으려 했나보다.

쏘내기 · 2

한여름 낮 쏘내기[1] 삼형제 지난다.

하늘에서 미꾸라지도 툭 떨어졌다.

보리알맹키로[2] 다구진[3] 하동河童에겐 마당이 온통 방죽[4]이다.

웃터리[5] 아랫터리[6] 벗어던지고 방죽에서 웅구락지[7]와 함께[8] 매[9]를 깜는다.

이때다.

뻔쩍, 불꽃이 띈다.

꽈당 탕 타앙 타앙….

멀리서 산맥들이 궁군다.[10]

당산나무 중둥,[11] 우지끈 뿌러진다.

우리는, 잘못한 일 한나도[12]없는 우리는 이불 덮어쓰고 덜덜 떨었다.

건넛마을 그미도, 물건너 고모네도 그랬단다.

풀잎도 무서워 무서워서 땅바닥에 엎드렸다.

>

하늘은 쏘내기로 땅 것들을 하나로 묶어놓으려 했나보다.

방언

1) 쏘내기 명 '소나기'의 방언(전남).

2) 맹키로 조 '처럼'의 방언(경남, 전남).

3) 다구지다 형 '다부지다'의 방언(경남, 전남).

4) 방죽 명 '늪'의 방언(전남).

5) 웃터리 명 '윗도리'의 방언(전남).

6) 아랫터리 명 '아랫도리'의 방언(전남).

7) 웅구락지 명 '미꾸라지'의 방언(전남).

8) 항께 부 '함께'의 방언(전라).

9) 매 명 '미역'의 방언(전남). ㈜메.

10) 궁글다 동 '구르다'의 방언(경남, 전라).

11) 중동 명 사물의 중간이 되는 부분이나 가운데 부분. ⇒규범 표기는 '중동'이다.

12) 한나 명수 '하나'의 방언(강원, 경상, 전라, 제주, 충청, 평안, 함경, 중국 길림성, 중국 요령성, 중국 흑룡강성).

보리타작

하지 무렵, 홀태로 보리를 훑는다.
어머니는 셍기고, 아버지는 훑는다.

청보리를 키우던 보리밭과는 이별이다.
밭에서 마당에 오니 모개가 주인이다.

보리 모개, 마당을 차지하고 변신 준비다.
땡볕더위 한여름 대낮에 도리깨질 시작이다.

도리깻열은 상모를 돌려 모개를 후려친다.
도리깻열에 매 맞은 모개 보리알 변신이다.

도리깨질 소리, '어잇 어어잇 엇' 구성지다.
그 소리 지휘자 없이도 '엇' 뚝 멈춰 선다.

도리깨질 멎으니 보리알이 파도를 일으킨다.
청보리밭 푸른 냄새가 파도를 타고 몰려온다.

변신의 타작마당, 마당 쓸고 물 뿌리면 흙냄새 향기하다.

변화를 일으키던 사람들, 목수건 하나 목에 두르고 있다.

꿈길

시인은 숲길을 가듯 꿈길을 걷는갑다.
시어 찾아내려 아가와 잠도 자는갑다.

상상도 하는갑다.
피리 소리도 보는갑다.

산 강, 풀 꽃, 구름 바람, 해와 달….
작대기 동무들과 함께 만나것다.

시인은 징검다리 건너 영감靈感 내리는 길목 지킬까?
교감하는 것들과 어떤 형상을 만드는 걸 보면….

거멍바우

마음속에 거멍바우 하나 산다.
학교 오갈 때 거멍바우에 올라 소꿉놀이했다.
거멍바우는 꼬마들, 이야기도 주워 담았다.

거멍바우는 하늘이 열릴 때부터 거기 살았다.
할아버지 할머니 이야기들도 모두 바위 속에 살고 있다.
나이 먹을수록 이야기도 자라니, 거멍바우는 덩치가 우람하다.

천둥이 구르고 번개가 칼날 같았다.
하늘이 찢어지고 땅이 구르는 큰비였다.
평림천은 붉덩물로 벙벙히 흐르고 있었다.

큰비 뒤엔 큰재 너머에 가봐야 했다.
거멍바우는 그대로 거기에 있는지?
붉덩물이 전설처럼 데리고 산을 넘었는지?

잿마루에 당도하자, 누군가 소리쳤다.
"거멍바우…, 저기 오신다."
모두는 멈춰 서서 거멍바우, 우러렀다.

충효동 왕버들

광주 충효동 왕버들, 세 그루 우러릅니다.
500년 거목, 긴 세월을 몸으로 말합니다.

왕버들 그늘에 앉아 눈을 감아 봅니다.

충장공 김덕령 장군 호령소리 들립니다.
송강 정철 성산별곡이 광주호에 흐릅니다.
소쇄원 양산보 원림園林의 죽림이 아른거립니다.

왕버들 수관樹冠 너비 20m, 그 그늘 생각합니다.
거목 둘레, 세 사람이 안아도 손과 손이 닿지 않습니다.

왕버들 그늘에서 어림없는 상상 해 봅니다.
바람 따라 흔들리지 않는 제자, 되겠습니다.

왕버들께 축원합니다.
사사師事를 허하십시오.
정신·조화·균형! 본받겠습니다.

>

왕버들 큰 스승.

몸은 구새 먹고, 군살 돋고, 지팡일 짚었습니다.

몸으로 새로운 가르침 주시는 큰 스승이십니다.

여름밤
별
이야기

시무지기 폭포

몸을 던졌다.
무지개 떴다.
꿈들이 건너는 다리가 놓였다.

하늘 아래 흰꽃 소沼를 꿈꾸었나?
그냥 품어 안을 어머니 마음 같다.
구천의 돌밭 밑, 침묵의 역사로 흐르는 폭포다.

쏘나기 삼형제 지나면 세 무지개 뜬다.
시무지기 폭포.
옥양목 여러 필로 펼치는 어머니 젖줄이다, 너는.

무등산은 어머니 山, 광주를 품은 어머니 山.
시무지기 폭포는 너와 나를 이어주는 무지갯다리.
하늘과 땅 이어주는 탯줄, 탯줄 같은 폭포다.

· 시무지기 폭포: 무등산 규봉암 아래 해발 고도 700m에 위치하고 있는 천연
 폭포. '시무지기'란 '세 무지개'의 방언.

꽃들의 미소

생오지 가는 길엔 꽃집이 많다.

노랑꽃이 노랑노랑 웃음을 머금는다.
빨강꽃도 빨강빨강 웃음을 슬슬 흘린다.

가던 길 멈추고 꽃들의 미소를 안는다.
꽃집 주인 양귀비 같은 새댁도 미소다.

"꽃들의 미소가 좋아서요."
"선생님도 꽃인대요, 뭐."

"제일 존 미소 옆에 서세요."
스마트폰 달라며 꽃보다 고운 손 내민다.

나도 한 송이 꽃이 되어 미소를 띤다.
사진을 찍고도 목례와 미소만 오간다.

생오지 가는 길, 도동고개엔 꽃집이 많다.
3년 넘게 생오지를 다녔어도 돈 말은 없다.

>

꽃들의 미소는 어디서든 사四철 공짜다.

등나무 그늘에서

잉잉잉 잉잉잉, 만발한 벚꽃에 벌이 없어요.
잉잉잉 잉잉잉, 만발한 배꽃에 벌이 없어요.

잔치 잔치, 등꽃 잔치, 연등 같은 등꽃 속의 갈등입니다.
들명날명 등꽃 속, 벌들의 갈등이 벌벌벌 쌓여갑니다.

설 쇤 무시 잎싹 같은 과년한 누나의 말, 참말일까?
'나 시집 안 간다'는 그 말 거짓말이 참말 되어 갈까?

잉잉잉, 벌들이 아우성입니다, 우주 질서 무너진다고.
잉잉잉, 벌들의 통성痛聲입니다, 자연 섭리 깨어진다고.

우리 집 빈집

고양이도 발을 끊은 우리 집 빈집.

고샅에 무궁화꽃만 활짝 피었다.
우편함엔 묵은 편지 부황이 났다.

흙담 너머 햇살 조는 우리 집 빈집.

수줍은 앵두가, 제 잎에 숨어서 발갛다.
앵두 같은 그미는 지금 어디 있을까?

왕거미만 때 기다리는 우리 집 빈집.

반쯤 열린 뒷간 문, 바람이 드나든다.
바라지 문틈으로 달빛만이 들고 난다.

지붕 위 풀 휘휘하다, 우리 집 빈집.

고무신 한 짝이 댓돌에 누워 있다.
죽순이 토방도 뚫고, 천장도 뚫었다.

\>

쇠통 혼자 쇳대 기다린다, 우리 집 빈집.

쌍무지개

소나무 가지 사이 쌍무지개 떴다.
솔숲 사이로 아침이 오려나 보다.

시골서는 칠봉산을 넘어 발밤발밤 안개에 싸여 왔다.
온 마을이 안개에 잠겨, 아침도 잠겨 있었다.

어머니 부엌문 여는 '삐그덕' 소리에 아침이 왔다.
아파트 꼭대기 층에서는 새벽 기차를 타고 왔었지, 참.

철로와는 멀리 떨어진 곳에 이사를 왔다.
일 층에서 수목들의 숨소리도 듣게 되었다.

수목들이 어둠에서 제 모습을 찾는 사이 아침은 온다.
새는 제 이름 부르며 숲을 찾는다, 아침 오는 소리다.

원당산 소나무 가지 사이 쌍무지개 떴다.
쌍무지개 타고 오는 경이로운 아침이다!

배롱나무꽃

장마 가고 하늘이 가을이다.
빈집 마루에도 가을바람 스친다.

"어머니, 아들 왔소."
"오냐, 내야 강아지 왔냐."

"배롱꽃 시 번 피어야 쌀밥 먹는단다."
고향집 빈 방에서 어머니 음성 듣는다.

쌀밥 달라 졸랐던 강아지였다, 우리 5남매.
쌀밥 먹겠다, 묘역의 배롱나무꽃 보면.

배롱나무꽃으로 피어나신 어머니시다.
고봉 쌀밥 같은 어머니 묘역이다.

눙끼

이름도 요상한 눙끼네는 오두막살이다.
눙끼네 굴뚝에선 연기난 지 오래다.

안방은 묵언 중 인기척 없다.
사립짝엔 잡초가 보초를 선다.

보릿고개 넘던 눈끼어메, 물만 먹다 부황이 났다.
보리테 노릇노릇 풋보리 노릇노릇, 풋바심이다.

마당가 감잎이 알록달록 물들 무렵이다.
매미의 축가가 붉게 타는 석양이었다.

눙끼는 보퉁이 하나 끼고 중신어미 따라나선다.
호랭이보다 무서운 입, 하나 덜자고 시집을 간다.

눙끼는, 어린 눙끼는 보릿고개 넘어, 시집을 간다.
시집가면 홀애비와 콩나물죽 무밥에 배, 부를까?

천둥번개

쏘낙비 한 줄금 쏟으려나?
하늘이 먹구름이다.

저쪽 하늘에서 번쩍 불꽃이 튄다.
천둥소리 따가르르르, 파도처럼 말려온다.

천지개벽하는 소리, 바위 되어 궁굴다.
저 너머 산맥이 산산이 쪼개지는가 보다.

무서워 대낮에도 이불을 덮어썼다.
잘못한 일 없어도 넋대처럼 떨었다.

2019년 말부터 우한(武漢) 폐렴은 천둥 번개였다.
WHO는 중국 우한(武漢) 폐렴을 COVID-19로 명명했다.

신종 코로나 바이러스 감염증은 신기록 선수인가?
두 달 만에, 사스SARS 8개월 기록을 따라잡았다.

너도 나도 불안하다.

지구촌이 불안하다.

먹구름 흘러간다, 지구촌으로.
기어코, 쏘낙비 한 줄금, 벼락을 치는구나.

자문自問

어느 한 작품이라도 감동을 줄 만한 작품 썼느냐?

어느 한 작품이라도 죽을 각오로 쓴 작품 있느냐?

어느 한 작품이라도 여생餘生 바쳐 쓸 계획 있느냐?

단풍

무등산장에서 꼬막재를 넘는다.
조붓조붓, 산길이 단풍으로 곰실댄다.

다홍치마 들썩들썩, 바람의 수작이다.
진홍 단풍, 부끄러워 얼굴 더욱 붉어진다.

나무 사이로 비치는 숲속의 황홀경 좀 봐.
별빛이다, 무지갯빛이다, 자연의 쌕깔이다.

여심은 단풍이다, 보메는 곱기만 한.
속은 진홍眞紅으로 탄다, 온 산이 탄다.

정읍사, 그 여심도 진홍으로 탔것다.

저물녘의 명상

하루해가 저문다는 것, 얼마나 아늑한 안식인가.
쇠죽솥 아궁이 불꽃, 칠산 바대 저녁놀로 탄다.

하루해가 저문다는 것, 얼마나 크나큰 희망인가.
저물녘의 명상은 아구씹는 소, 침으로 그네를 탄다.

· 바대: 바다의 방언(경상, 전라)

그리운 징검다리

쇠깔 소년은 징검다릴 건너 학교에 다닌다.
소년은 같은 반 소녀를 징검다리서 마주쳤다.

손을 잡아주지 않으면, 비켜갈 수 없는 징검다리….
'아무도 없는데 뭐…' 소년의 가슴은 개구리처럼 벌떡인다.

소녀는 눈을 깔고, 흐르는 물, 저쪽을 바라본다.
'내가 손을 내밀까….' 얼굴이 먼저 빨간 앵두다.

이쪽과 저쪽을 잇는 징검다리….
'저쪽'을 날아볼까, 두 마음은 손을 잡았다

모래톱 덤불 속, 종달새는 알았을까?
'우린 안 봤다…', 하늘로 솟는 종다리 한 쌍….

두군두근, 흐르는 우리 마음, 종다린 벌써 알았는갑다.
두근두근, 퍼지는 심장 파동에 종다리는 놀랐는갑다.

숲은 집이다

'숲'이란 글자를 뚫어지게 보고 있으면 '집'의 상형문자라는 걸 알게 된다. 언젠가 보았던 '백운동 원림'의 별서—한 채를 옮겨놓은 것이 '숲'이라는 글자다.

강진 백운동 원림園林의 '정선대'에 오른다. 대낮에도 숲 속에 들면 오매 오매 도깨비 나는 밤이 든다. 바람 소리, 물소리로 터다져, 그 위에 지은 정자다. 신선의 눈으로 월출산 바라보니 흰구름 노니는 옥판봉玉版峰에 다산茶山이 거기서 세월을 읽는다.

월출산 흐르는 물줄기 마당을 돌고, 마당 한쪽 고사목은 딱따구리 불러 한 말씀 하고 있다. '나무는 죽어서도 숲과 한 가족으로 산다'고. 살아 숨 쉬는 나도 한 그루 나무 되어 숲을 이룬다.

'백운白雲'이 품은 뜻 만나러 노고지리처럼 솟아오른다, 하늘로 하늘로. 하늘로 솟다가 청보리밭 같은 원림에 드니 숲으로 하나 되어, 숲으로 살아간다.

나는 이미 한그루 나무. 줄기와 가지와 뿌리와 잎이 내 몸의 구조물이다. 숲속에는 수많은 내가 살게 되었다.

\>

나는 무슨 나무로 살아가도 좋다. 소나무·참나무·자작나무·나도감나무·똘배나무·맹감나무…. 우리는 숲을 이루어, 숲속에서 집을 짓고 한 식구가 되었다.

나무들은 모여모여 숲을 이룬다. 나무들은 모두모두 숲을 짓는다. 서로 보듬고 살아가는 숲을 짓는다. 나무들은 모여모여 집을 짓는다. 꿈이 흐르는 우리 집을…. 백운동 원림에 들면 모두가 숲의 대가족이 된다.

숲은 집이요, 집은 숲이다.

여름밤
별
이야기

제5부

위로 받는

소

위로 받는 소

큰아버지는 저무는 냇물에 써레를 씻는다.
써레 끌던 소도 저무는 냇물에 하루의 피로를 씻는다.

소를 좋아하는 난, 소 앞세우고 저녁놀과 함께 집으로 간다.
들길을 지나 골목 고샅에 들어서자 소걸음이 빨라진다.

대나무 생울타리에 붙어서 달음질치며 몸에 붙은 물컷을 쫓
는다.
물컷을 따돌리고 집에 도착하자, 쭈르르윽 쭈르륵 구정물통
뒤집어쓴다.

큰아버지는 물 먹는 소, 허구리를 긁어주며 위로 한다.
"아따, 너도 고생했다야."

배낭여행

지리산 농부 내외가 한 달여, 동유럽 7개국을 여행하고 돌아왔다.

결혼 기념으로 간다기에 그런가보다 했었다.

돌아와서 만났더니 부부가 돈을 아끼며 배낭여행을 했다는 것이다.

"길 안내는 누가 했을까?"

"……"

참 대단하다.

삶은 끝없이 이어지는 여행이 아닌가.

부부의 배낭 속에는 삶의 온갖 지혜가 담겨 있것다.

여행을 하다보면 뜻하지 않은 돌부리도 만날 것이다.

그럴 때면 자연스럽게 더 나은 배낭이 열렸것다.

부부의 배낭 속에 없는 게 있을까.

상상의 짐도 챙겼을 것이고….

>

부부의 생각이 갈마들며 새싹처럼 희망찬 배낭여행.

그것은 함께 걸어가는 부부의 삶이것다.

밥

밥이나 먹었냐, 어쨌냐?
어머니 전화는 늘 밥걱정이다.

밥은 탯줄이다.
아가에게 물리는 젖이다.
젖은 생―명―줄이다.

자취하던 학창 시절이다.
사흘을 굶으니 온몸이 절절해 왔다.
이때부터 어머니의 밥걱정은 더했다.

밥은 어머니의 사랑이다.

주먹밥

주먹밥은 그냥 밥이 아니다.
광주의 피요, 광주의 정신이다.

주먹밥—쌀, 조, 팥, 김치, 단무지, 소금기…, 광주光州 하나로 뭉쳤다.
할매 어매 두 손 모은 정으로 무등산처럼 둥그렇게 하나로 엉겼다.

주먹밥은 그냥 밥이 아니다.
긴 여행 시작하는 민주의 밥이요, 다짐이요, 생명이다.

고립의 열흘, 광주 민주의 힘은 주먹밥이 되었다.
그 고립의 시·공에 소외되고 굶주린 시민 없었다.

우리 질서 우리가 지켰다.
약탈 방화 겁탈…, 하나도 없었다.

주먹밥 나누며 겁먹은 눈을, 정조준 발사한 자는 누군인가?
대한민국 군인이 그랬을까?

>

"대한민국에도 소수민족 있습니까?"
외국 기자의 물음이 오늘도 서럽다.

탄흔은 남아 그날의 진실을 말한다.
검은 마음을 지우려, 지우려 해도 주먹밥은 알고 있다.

민주 묘역 추념문을 들어선다.
민주 항쟁 추모탑이 주먹밥을 말한다.

대동단결 광주를 말한다.
주먹밥은 5·18 광주 정신이다.

우리들의 아우슈비츠

　소망에는 구더기가 살려 달라, 살려 달라 파리가 되겠다고 빌고 빌었다. 안 되겠다 죽여야 한다. 석유 드르륵 부어 한방에 멸살시켰다.

　꽁보리밥 먹던 시절 까만 꽁보리밥에 까만 파리 까맣게 앉았다. 문 닫고 임피레스 후후 뿜으면 방 안의 파리가 한 목숨 살려 달라 빌고 빌다가, '내 목숨 파리 목숨', '내 목숨 파리 목숨', 외치다, 외치다 죽어갔다.

　지난날 군대 내무반 침낭과 모포에 이가 뚱니가 하, 많아 비로 쓸었다. 꼴마리 까고 이를 잡다가 잡다가 안 되면 속옷 벗어 얼음장 위에서 털었다. 쓸다가 쓸다가, 털다가 털다가, 안 되는 종국에는 DDT를 소금처럼 뿌리거나, 살슬殺蝨통에 넣고 삶았다.

　나치와 히틀러는 유대인은 물론 나치에 반대한 정치인 지식인 예술인 아이들까지 강제 수용했다. 아우슈비츠 강제수용소 노역奴役으로, 또 가스실에서 400만 명이 비극적으로 생을 마감했다. 나치와 히틀러는 사람 목숨을 구더기로 파리로 뚱니로 보았던 건 아닐까.

우리는 어떤가? 6·25 전쟁 뒤, 거창·문경·함평의 양민들은 구더기요, 파리요, 똥니였나 보다.

생오지 오릿길

생오지 오릿길, 눈은 내려 쌓입니다.
오릿길 아득하고 산천은 한 빛입니다.

무등산 꿩 한 자웅이 숫눈길을 엽니다.
노송 같은 신선들이 그 길을 향합니다.

새끼줄 같은 그 길, 눈 속에 묻혔습니다.
길은 가다가 인가 속으로 숨어듭니다.

끄터릿집은 세한도 되어 길을 맞이합니다.
무등산, 뒷자락에 생오지 마을 열렸습니다.

· 생오지: 담양군 가사문학면 용연리의 자연부락 이름.

수도꼭지

찌이 찌이 찌이이….
물 긷는 모터가 헛바퀴 돈다.

새는 바람기에 물 한 방울 쏟아 내지 못한다.
소리만 지르고, 소리만 지르고 쏟아 붓지 못한다.

수도꼭지는 바보, 바보, 물 한 방울 못 쏘는 바보다.
욕을 먹고야 친구 같은 마중물, 마중물을 맞이한다.

치·치·치이, 푸·푸·푸우, 칙·칙·치이익….
수도꼭지 긴 숨 내뿜으며, 뒤척인다.

신음한다.
뒤둥군다.

드디어 울면서 환한 웃음 퍼붓는다.
몰아치는 오르가슴, 쏟아내는 하이얀 물줄기.

파리

껄떡거리면 죽는다.
고맙다, '죽음'을 면하는 묘법을 깨우쳐준 파리[蠅]야.

한밤중도 지났다.
시詩를 쓰는 내 팔에 자꾸 붙는다, 파리 한 마리가.

이 팔 저 팔로 옮겨 다니며 귀찮게 군다.
이 밤 쉬지도 않고 팔을 탐하며 껄떡거린다.

껄떡거리면 죽는다.
나는 잠자리에 들려다, 파리채를 들고야 말았다.

소개疏開ㅅ길

어서 떠나야 산다.
첫닭이 운다, 불빛 한 점 없는 칠흑인데.

첫이레도 안 쇤 아가, 어머니 등에 업혔다.
아가도 떠나야만 하던 소개疏開ㅅ길이었다.

아버지는 지게에 어둠의 짐을 잔뜩 실었다.
형은 장작개비, 나는 쌀을 짊어지고 안개ㅅ속을 걸었다.

누이는 발자국 놓칠세라 겁에 질려 엄마 손 꼭 잡았다.
안산案山 모퉁이 돌아 소개疏開ㅅ길을 떠났다.

소개를 떠나던 날 새벽, 안개 짬뿍 끼었다.
한 치 앞도 알 수 없는 새벽길을 재촉했다.

벼농사 씨였던 그해, 6·25 때였다.
그래도, 안개가 여러 목숨 살렸다고들 했다.

꿈

늦잠을 즐기다가 꿈을 만났다.
워매 큰일났네. 수업 시간 늦었다.

벌떡 깨어나 출근을 서둔다.
넥타이를 차다가, 참 나 정년했지….

꿈아 너 혼자 가거라.

〈군말〉

나는 정년한 지 10년이 넘었는데도 가끔 학교생활을 꿈꾼다. 하기야 평생을 학교에서만 살았으니 그럴 만도 하것다. 시험시간인데 교실을 못 찾는 까깝헌 꿈, 출근을 하는데 암만 가도 가도 학교 주변만 맴도는 꿈, 늦잠을 자다가 학교 시간에 늦어버린 꿈…. 깜짝 놀라 눈을 떴을 때, 꿈이었기에 얼마나 좋았던가. 이런 꿈을 심몽心夢이라 한다지….

· 심몽(心夢): 평소에 생각하고 있는 것이 비추어지는 꿈으로, 반복해서 꾸는 꿈이 여기에 해당된다. (이우영:『꿈해몽』, 아이템 북스)

어머니 말씀

"아들 왔소오, 어머니이!"
"오오냐, 너 왔냐."

어쩌다 어머니 생각보다 늦게 도착한 날이다.
"오다가 질 잊어부렀디야?"

이러던 어머니 팔순 넘자 시인 되셨다.
말씀마동 시詩가 되었다.

"큰방에 들어가 눠 계십쇼."
"나도 식구 여럿 있는 디 있고 잪다."

콩나물 질굼, 뿌리 썩는다.
"이런 것도 인자 나를 시피봐야…."

길 가는 어느 젊은이 바쁜 걸음 친다.
"젊었을 때게는 나도 달려도 갔다만…"

어머니 하신 말씀, 곰곰 생각해 본다.

간절한 젊음을 회상하는 속마음이다.

나뭇갓과 예감 통했을까?
"나무 다 했응께, 집에 가야지야…."

말씀대로 마지막 집에 가셨다, 아흔이 내일인 때.
꽃가마 타고 그 집, 가셔서 건곤이 다시 만나셨다.

선산 나뭇갓에 보름달 되어 떠 계신다, 어머니는 지금.

세월호

인천항서 세월호 출항이다.

인원 초과 신고, 물자 신고, 수학여행단 신고 웅, 우웅 뱃고동
운다.

"또 뭐 더 실을 게 없어?"

"지시한 그 대로 과적 신고, 규정 위반 신고, 부정도 실었어
요."

제주로 가는 길, 맹골수도 지날 때, 기우뚱 세월호 기울었다.

암초 암초 암초 예상된 암초다, 평형수 빼고 흘수선 맞춘.

암초 만난 후 세월호, 격랑에 맡겨졌다, 우선 탈출, 선장 없는
세월호는.

우왕좌왕 좌왕우왕, 중심 잃은 세월호, 중심 잃은 대한민국호
號 지휘부….

착하다, 아가처럼 착하다, 선생님 말씀 잘 듣는 우리 학생들
착하다.

전 국민 말문 막혔다, 어쩔끄나, 어쩔꺼나, 어쩔거나, 어쩌를

할거나.

무슨 말을 할꺼나, 내 딸아…, 내 아들아…, 꽃망울들아, 우리 꽃망울들아.

무슨 말을 할꺼나, 내 아들아…, 내 딸아…, 피어도 못 본 우리 꽃망울들아.

내야 새끼, 벙그는 목련 같은 내야 새끼, 밤하늘 별꽃으로 피었구나….

반짝 반짝 반짝, 밤하늘 별꽃으로 피었구나, 목련꽃 몽올 같은 내야 새끼들.

입 좀 열어라, 세월호야, 중심 잃은 대한민국호號야…, 종선 세월호야….

장구배미 썰매타기

장구배미 무논이 얼었습니다.
꼬맹이들 모두 모여 썰매를 탑니다.

짱 짱 짜아앙, 얼음판이 먼저 인사를 합니다.
줄남생이들, 장구 같은 얼음판을 돌고 돕니다.

얼마나 치쳤을까, 장갑도 없이.
곱은 손을 해님이 녹여 줍니다.

백옥 같던 얼음판도 녹아듭니다.
얼음판 훙청훙청, 갈앉고 뜨고, 떴다 갈앉았습니다.

장구배미 썰매 타기는 무장무장 재미집니다.
마을 앞 장구배미 썰매 타기는 무장무장 재미납니다.

꼬맹이들 썰매를 타고, 꿈길을 달려 봅니다.
꼬맹이들 혜성을 타고, 꿈속을 날아 봅니다.

빙 빙 비잉 돕니다, 물밑 벼 밑동도 썰매를 따라.

빙 빙 비잉 돕니다, 꼬맹이들, 혜성처럼 꼬리를 달고.

장구배미 썰매 타기는, 꿈속에 날아보는 우주여행입니다.

젊은 독자를 위한 창작 이야기

　오덕렬의 『여름밤 별 이야기』에는 68편의 〈수필의 시〉가 살고 있습니다. 비창작 일반산문 문학인 수필이 '창작적 변화'를 거듭하여 창작문학인 시가 된 작품들입니다. 〈수필의 시〉의 특징은 문장을 끊어 리듬을 살려내지 않습니다. 문장부호 하나도 다 살려 씁니다. 온전한 문장으로 '이야기 시'를 쓴다는 말입니다. 그러다 보니 시각적 리듬이 덜하고, 음성률의 맛이 덜할 수도 있습니다. 주로 쉼표(,)로 운을 살리다보니 산문율 같은 맛이 날 수 있습니다. 어떻든 잃어버린 사람 사는 이야기를 살려내고, 현대시에서 버림받은 문장부호를 받아들이는 시입니다.

　〈수필의 시〉는 오덕렬이 사사師事하면서도 허교하고 지내는 이관희 작가가 말한 〈산문의 詩〉와 같은 개념의 이름입니다. 이론 창안자인 형의 〈산문의 시〉 이론을 그대로 잘 지키며 실험적으로 쓴 시입니다. 이 시집에서 발견되는 미숙한 점은 앞으로 이론 보완을 거쳐 개선하면서 이론도 작품도 발전할 것입니다. 이론의 어머니는 작품이라는 사실은 우리가 잘 알고 있습니다.

샘아저씨—이관희 평론가께서 제자들이 불러주기를 원하는 필명—는 수필보다는 에세이라는 명칭을 좋아합니다. 오덕렬은 2013년 '생오지 문예 창작대학'을 열었을 때—문순태 이사장께서 소설을, 송수권 시인께서 시를, 오덕렬이 수필을 지도하게 되었습니다. 그때 수필반 20여 수강생들이 교수님이라 불렀습니다. 오덕렬은 평생 교수를 한 적이 없어서 '샘형'—선생님의 샘+형님—이라 불러달라고 했습니다. 그런 이후 샘형은 오덕렬의 필명 겸 아호가 되었습니다.

샘형은 에세이와 수필을 구분해서 씁니다. 몽테뉴를 거쳐 찰스 램의 창작·창작적 에세이가 갑오경장 무렵에 우리 풍토에 들어올 때까지는 에세이를 앞세웁니다. 찰스 램의 그 '창작·창작적'인 싹이 한국풍토에서 자생적으로 창작수필이 탄생하여 창작문학이 된 뒤로는 수필을 앞세웁니다. 수필이 창작적 진화를 거듭하여 나타난 시는 〈수필의 詩〉라 부르기를 좋아합니다.

샘형이 사숙하는 윤오영 선생님이나, 문학개론에서 최초로 수필을 한 장章으로 집필하신 백철 교수님의 이론을 함께 봅시다. 백철 교수는 "수필을 말하는데 있어서 먼저 그것을 다른 나라에서 흔히 말하는 〈에세이(Essay)〉의 개념으로 설명한다(『문학개론』, 신구문화사, 1956)고 하였습니다. 윤오영 선생님은 "수필은 동양적인 에세이요. 에세이는 서구적 수필이라고 생각해도 작품면에서는 일치될 때가 많다." 또 "에세이라 해도 좋고 수필이라 해도 좋다. 요는 하나의 문학작품이어야 한다."(『수필문학입문』, 관동출판사, 1975)고 하였습니다. 두 분은 '에세이=수필'로 보았던 것입니다.

　창작이란 두 소재 〈이것〉과 {저것}의 관계에서 이루어지는 것입니다. 즉 보조관념 소재인 {저것}으로 원관념 소재[주제]인 〈이것〉을 어떤 모양으로 그려내야 합니다. 그림 그리듯 어떤 모형으로 그려내는 것이 창작입니다. 문학에서는 '형상화形象化'라 합니다. 창작에는 수학 공식 같은 것은 있을 수 없습니다. 그러나 '상상'으로 창작의 길을 열어 주는 '창작의 기본 틀'은 있습니다. ≪한국 창작수필 문학회≫(한국 산문의 시 문학회)에서 발굴한 〈이것저것 놀이〉가 그것입니다. 〈산문의 시〉(일명 수필의 시) 시론은 다음과 같은 상상 속에서 탄생했습니다.

　소재[은유]: 산문의 시 = 수필의 진화

　왜[동일성]: 시를 품었으니까.

　원관념[주제]: 산문이 詩(수필의 詩)

　보조관념[제재]: 수필의 진화

　형상화[창작]: 수필의 진화 이야기로 〈산문의 시(수필의 시)〉를 그려낸다.

　처음 발견한 소재는 일단 〈이것〉입니다. 〈이것〉에 대한 비유적 소재는 {저것}입니다. 두 소재 〈이것〉과 {저것} 중, 원관념은 누군가가 자기를 꾸며주기를 바라고, 보조관념은 누군가를 꾸며주기를 좋아하는 소재입니다. 위에서는 '수필의 진화' 이야기로 '산문이 詩(수필의 詩)'를 그려내면 됩니다. 그려낸다는 말은 형상화한다는 뜻입니다.

형상화[창작]란 추상적 관념이나 정서를 구체적 형상적 존재 세계로 나타내는 것입니다. 형상화 역할을 하는 편은 항상 보조관념입니다. 두 소재 중 어느 쪽이 더 '개념槪念'적인가, 어느 쪽이 더 '형상形象'적인가를 따져서 더 형상적인 소재로 개념적인 소재를 어떤 모양으로 만들어내어야 창작이 되는 것입니다. 문학의 세계는 감정과 정서의 세계입니다. 백철 교수는 "문학은 구체적으로 형상이다."라고 했습니다.

판소리 춘향가 가운데 「쑥대머리」의 첫 구절에 '쑥대머리 구신 형용, 적막 옥방에 찬잠자리여…'에서 보면 귀신도 형용이 있습니다. 이 세상 삼라만상—'존재의 총계'—을 비유적으로 나타내는 것이 문학입니다. 오직 문장만으로 어떤 형상을 그려내야 문학이고 창작인 것입니다.

〈수필의 시〉='수필의 진화'라고 한 것은 소재를 '은유'로 발견해야 한다는 뜻입니다. 두 소재가 은유가 형성되었다는 것은 두 소재 사이에 '동일성'이 존재한다는 말입니다. '수필의 시'에도 시가 들어 있고, '수필의 진화'에도 시가 들어 있어, 동일성이 '시'인 것입니다. 왜[동일성]는 무슨 뜻인가? 이질적 두 소재가 은유가 성립하려면 서로 동일성(유사성) 부분이 있어야 한다는 말입니다. 차이성 속의 동일성(유사성)을 말합니다. 그림에서 C 부분이 있어야 은유가 성립된다는 말입니다. A와 B의 두 이질적 소재가 은유가 성립되려면 서로 동일성이나 유사성 부분 C 가 있어야 한다는 말입니다.

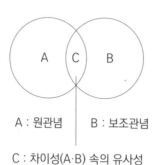

A : 원관념   B : 보조관념

C : 차이성(A·B) 속의 유사성

글을 쓰는 1단계는 소재의 발견입니다. 처음 발견한 소재는 일단 〈이것〉이라 했고, 〈이것〉에 대한 또 다른 소재는 {저것}이라 했습니다. 왜 두 소재를 거론합니까? 그것은 작가는 조화옹[조물주·신]처럼 개별적으로 있게(being · exist)하는 신적 창조는 할 수 없기 때문입니다. 창작문학의 영어 개념어는 poetry라 하는데, 그 본뜻은 creation입니다. 'creation'이란 신적 창조를 의미합니다. 하나하나 만져보고 냄새도 맡아볼 수 있는 창조는 조화옹만이 할 수 있는 일입니다. 작가는 조화옹이 이미 만들어놓은 사물—'존재의 총계'에 빗대어 창작할 수밖에 없는 일입니다. 빗대어 나타내려 하니 최소한 두 개 이상의 소재가 필요한 것입니다. 그래서 창작에는 비유법이 생명인 것입니다.

모양이 없는 것이 모양 있는 것을 형상화―꾸며주거나 모양을 만들어 줄 수는 없는 일입니다. 그러니 모양이 있는 것이 보조관념이 되는 것이 일반적입니다. 원관념 소재와 보조관념의 소재는, 그 거리가 멀면 멀수록, 또 엉뚱하면 엉뚱할수록 더 좋은 결과를 얻을 수 있습니다.

여름밤 별 이야기

초판인쇄 | 2022. 6. 20.
초판발행 | 2022. 6. 25.

지은이 | 오덕렬
발행인 | 오무경
디자인 | 이호정
펴낸곳 | (주)풍백미디어
출판등록 | 2020년 9월 2일 제2020-000108호
주소 | 서울시 강서구 강서로7길 28, 101호(화곡동, 해태드림타운)
팩스 | 0504-250-3389
이메일 | firstwindmedia@naver.com
블로그 | https://blog.naver.com/firstwindmedia

ISBN 979-11-971708-9-8 (03810)

이 출판물은 KoPubWorld돋움체/바탕체, 아리따 돋움/부리, 코트라 손글씨체를 사용하였습니다.